영
화
를

만
든
다
는

것

영화를 만든다는 것

The Filmmaker Says

제이미 톰슨 스턴 엮음 — 이다혜 옮김

JINPRESS

내게 있어 영화산업의 가장 흥미로운 부분은 꿈이 실재가 되는
과정을 지켜보는 데 있다. 종이에 쓰인 글이든, 세트 디자인의 스케치든,
아니면 액션 신의 스토리보드든, 최고의 발상이 마술처럼 생명을 얻는
과정을 보는 일은 언제나 멋지다. 그 과정은 이 책 『영화를 만든다는
것』에 등장하는 영화감독들이 열정적으로 말하고 있는 것이기도 하다.
그들은 창작하고자 하고 혁신하고자 한다…… 그리고 오락, 재미, 공포나
당혹감을 느끼게 한다.

영화감독들은 영화를 만드는 것만큼 영화를 만드는 일에 대해
말하기를 좋아한다(또는, 경우에 따라서는 싫어한다고 주장한다). 이 책에
실린 목소리들은 작가 이론부터 관객의 중요성, 창의적인 과정, 좋은
이야기의 가치 그리고 쇼비즈니스까지 아우른다. 세상 모든 영화에는 그
수만큼이나 영화에서 진짜 중요한 게 무엇인지에 대한 강렬한 의견들이
존재한다. 이 책에서 당신은 영화감독들이 특별히 겸손하거나 내성적인
사람들은 아니라는 사실을 알게 될 것이다. 장 뤽 고다르는 "영화는
진실이다"라고 선언하고, 그처럼 격렬하게 브라이언 드 팔마는 "영화는
거짓말한다"고 주장한다. 이 책의 목표는 때로는 직접적으로 때로는
은근하게 이런 다양한 관점들을 전하는 데 있다.

영화감독들, 시나리오작가들, 제작자들, 촬영감독들, 스튜디오
간부들, 배우들, 비평가들 모두 여기에서 자신의 목소리를 전한다. 어떤

인용구를 선택할지 고르는 도전은 복잡하지만 즐거웠는데, 인쇄되고 녹음된 인터뷰에서 자신이 한 말을 주의 깊게 성취해낸 수많은 재치있고 말 많은 천재들(쿠엔틴 타란티노, 당신 이야기라고요)이 있었기 때문이다. 내 말을 믿으시기를. 인용할 말이 부족한 경우는 없었다. 이 외에도 이 책에 들어올 방법을 찾지 못한 수많은 재치있는 코멘트들이 있다. 부디 당신이 더 찾아보길 권한다. 아마도 나처럼 수많은 옛 영화들을 보고 싶은, 혹은 다시 보고 싶은 마음이 들 것이다.

이 책을 엮으면서 나는 책을 창조하고 편집하는 단계가 영화 만들기의 과정과 평행선을 이루는 듯하다는 데 충격을 받았다. 편집은, 종이책이든 영화든 리얼리티를 다루는 방법으로, 서로 다른 정보 조각을 취사선택한 뒤 병치시키고 재조합해 새로운 현실을 창조한다. 이 책에 실린 인용구들을 편집하는 과정은 영화의 샷을 편집하는 과정처럼 조심스러웠다. 나는 그렇게 시네마에 대한 다채로운 생각들이 영화에서처럼 한 데 묶이기를 바랐다.

프랑스 영화 이론가 앙드레 바쟁은 언젠가 몽타주(편집)에 대해, 시네마가 "표현된 사건에 대한 자신의 해석을 관객에게 강요하기 위해 여러 가지 처리방식을 공급해줄 무기고"와 같다고 말한 바 있다. 이 "사건"을 편집하면서 다른 시대를 살았던 영화인들의 폭넓고 다양한 섬세함을 보여주는, 생동감 있는 대화를 보여주는 방법이 되길 원했다.

그렇게 관계있는 것들 사이를 연결 짓는 작업을 하고자 노력했다.

이 책을 통해 영화에서 무엇이 중요한지에 대한 당신만의
관점을 만들어가려는 영감을 얻을 수 있길 바란다. 결국, 소설가이자
시나리오작가였던 윌리엄 골드먼의 유명한 말처럼 "제대로 아는 사람은
아무도 없다."

제이미 톰슨 스턴

— 일러두기 : 본문의 주석(*)은 옮긴이 주이다.

No saint, no pope,
no general, no sultan
has ever had the power
that a filmmaker has:
**the power to talk
to hundreds of millions
of people for two
hours in the dark.**

Frank Capra (1897–1991)

성인, 교황, 장군, 술탄 그 누구도
영화감독과 같은 권력은 가져본 적이 없다.
두 시간 동안 어둠 속에서 수많은 사람들에게
말할 수 있는 권력 말이다.

프랭크 카프라(1897-1991)

PICK UP A CAMERA. SHOOT
SOMETHING. NO MATTER
HOW SMALL, NO MATTER HOW
CHEESY, NO MATTER WHETHER
YOUR FRIENDS AND YOUR
SISTER STAR IN IT. PUT YOUR
NAME ON IT AS DIRECTOR.
NOW YOU'RE A DIRECTOR.
EVERYTHING AFTER THAT,
YOU'RE JUST NEGOTIATING
YOUR BUDGET AND YOUR FEE.

James Cameron (1954–)

카메라를 들어라. 무언가를 찍어라.
아무리 작든, 아무리 저급하든,
당신의 친구나 누이가
그 작품에 출연하든 관계없다.
그것에 감독이라고 당신의 이름을 붙여라.
이제 당신은 감독이다.
그 뒤로는 당신의 예산과 연출비를
협상하는 게 전부다.

제임스 카메론(1954-)

IN THE FUTURE, EVERYBODY IS GOING TO BE A DIRECTOR. **SOMEBODY'S GOT TO LIVE A REAL LIFE** SO WE HAVE SOMETHING TO MAKE A MOVIE ABOUT.

Cameron Crowe (1957–)

미래에 모든 사람은 감독이 될 것이다.
누군가는 진짜 삶을 살아야 한다,
그래야 우리가 영화를 만들 거리가 생길 테니까.

카메론 크로우(1957-)

Get on the floor,
start working.
**Get any job you can,
just to get in the
door.** Once you get
in the door, if you're
good, you'll move
up so fast, you won't
know what hit you.

Jerry Bruckheimer (1945–)

바닥부터 일을 시작하라.

문에 도달할 때까지 어떤 일이든 하라.

일단 문에 도착하고,

당신에게 실력이 있다면,

빠른 상승기류를 탈 것이며,

당신에게 무슨 일이 일어난 건지

알 수 없을 것이다.

제리 브룩하이머(1945-)

THEY DIDN'T OPEN THE DOOR. I HAD TO CUT A HOLE IN THE WINDOW TO GET IN. YOU CLOSE THE DOOR ON ME AND TELL ME I CAN'T, I'M GONNA FIND A WAY TO GET IN.

Tyler Perry (1969–)

그들은 문을 열지 않았다.
나는 창문에 구멍을 내서
안으로 들어가야 했다.
당신은 내 눈앞에서 문을 닫으며
내가 할 수 없다고 말했지만,
나는 들어갈 방법을 찾을 것이다.

타일러 페리(1969-)

The first thing you do when you take a piece of paper is always put the date on it, the month, the day, and where it is. Because every idea that you put on paper is useful to you. By putting the date on it as a habit, when you look for what you wrote down in your notes, you will be desperate to know that it happened in April in 1972 and it was in Paris and already it begins to be useful. **One of the most important tools that a filmmaker has are his/her notes.**

Francis Ford Coppola (1939–)

종이를 한 장 들고
가장 먼저 해야 할 일은
언제나 날짜를, 월과 일,
그리고 장소를 적는 것이다.
당신이 종이에 끄적이는 모든
아이디어가 유용하기 때문이다.
습관적으로 날짜를 적음으로써,
당신이 노트에 적은 것을 찾아볼 때,
그 일이 1972년 4월 파리에서
일어났음을 알게 되고, 그 순간부터
이미 쓸모 있어지기 때문이다.
영화감독에게 가장 중요한 도구 중
하나는 그/그녀의 노트다.

프랜시스 포드 코폴라(1939-)

I write down the
idea in my notebook,
and then I put a little
letter in the corner
of the page in a circle.
**S for story, N for novel,
M for movie, A for art,
P for performance, B for
business.** This makes
me sound totally rigid.
I am also lots of fun!
Totally wild! Party!

Miranda July (1974–)

나는 아이디어를 노트에 적는다, 그리고
종이 한구석에 원을 그리고 작은 글자를 넣는다.
S는 스토리(story), N은 소설(novel),
M은 영화(movie), A는 미술(art),
P는 연기(performance), B는 사업(business).
이렇게 말하면 내가 완전히 경직된 사람 같지만,
나는 아주 재미있는 사람이다!
아주 와일드하고! 파티!

미란다 줄라이(1974-)

I DIDN'T GO TO FILM SCHOOL, SO I'M STILL LEARNING IN PUBLIC.

Jonathan Demme (1944-2017)

나는 영화 학교에 가지 않았다.
그래서 **나는 여전히 대중에게서 배운다.**

조너선 드미(1944-2017)

Learning
to make films
is very easy.
Learning
what to make
films about
is very hard.

George Lucas (1944–)

영화 만들기는 아주 쉽다.
무엇에 대해 영화를 만들지를
배우는 일이야말로 아주 어렵다.

조지 루카스(1944-)

THE LACK OF FILM
CULTURE IS ONE OF THE
THINGS THAT REALLY
UPSETS ME. THERE'S
THIS COMPLETE LACK OF
INTEREST IN ANYTHING
THAT WAS MADE LONGER
THAN TEN YEARS AGO....
**IT'S LIKE IGNORING
BURIED TREASURE, BUT
IT'S NOT EVEN BURIED.
IT'S RIGHT THERE.**

Peter Bogdanovich (1939–)

영화 문화의 부재는
나를 정말 화나게 한다.
오래전에 만들어진
어떤 것에 대한
이 완전한 무관심…….
묻혀 있는 보물을 모르는
척하는 것 같을 수 있지만,
애초에 파묻은 적도 없다.
그것은 바로 거기 있다.

피터 보그다노비치(1939-)

I think you can study too much. I've seen that happen. Young people get immersed in the work of other directors and end up imitating them rather than finding their own identity. It's important to see the work of as many directors as possible, but you must not become self-conscious. You have to accept that your first attempts are going to be quite rough compared to the finished works of great masters.

James Ivory (1928–)

나는 당신의 공부가
과할 수 있다고 생각한다.
그런 일을 본 적도 있고.
젊은 사람들은 다른 감독들의
작업에 참여한 뒤 자신의 정체성을
찾기보다 그들을 모방하게 된다.
가능한 많은 감독들의 작업을
보는 것은 중요하지만,
남의 시선을 지나치게
의식해서도 안 된다.
당신의 첫 시도들이 위대한
거장의 완성된 작업에 비하면
꽤 거칠어보일 수 있음을
받아들여라.

제임스 아이보리(1928-)

My first few films were harrowing experiences, because you're terrified the whole time that you're going to fuck it up. You don't know what you're doing.

David O. Russell (1958–)

나의 초기 작품들은 끔찍한 경험이었다,
시종일관 말아먹으면 어쩌나 하는
공포에 질려 있었으니까.
당신은 뭘 하고 있는지도 모른다.

데이비드 O. 러셀(1958-)

I think your first
film is always your best.
Always. It may not be
your most successful or
technically accomplished,
but you never, ever get
close to that feeling
of not knowing what you're
doing again. And **that
feeling of not knowing
what you're doing is
an amazing place to be.**

Danny Boyle (1956–)

나는 당신의 첫 영화가 언제나
당신의 최고작이라고 생각한다.
가장 성공적이거나 기술적으로
완성도가 높지 않을 수 있지만,
뭘 하고 있는지도 모르겠는 그 기분에
다시는, 절대로 다가설 수 없다.
뭘 하고 있는지도 모르겠는
그 기분이야말로 정말
환상적인 것이다.

대니 보일(1956-)

I WAS AWARE THAT
I DIDN'T KNOW ANYTHING
ABOUT MAKING FILMS,
BUT I BELIEVED
I COULDN'T MAKE THEM
ANY WORSE THAN
THE MAJORITY OF
FILMS I WAS SEEING.
**BAD FILMS GAVE ME
THE COURAGE TO
TRY MAKING A MOVIE.**

Stanley Kubrick (1928–99)

나는 내가 영화를
만드는 일에 대해
아무것도 모른다는
사실을 알았다.
하지만 내가 봐온
다수의 영화보다
더 형편없는 영화를
만들 순 없었다.
나쁜 영화들은 내게
영화를 만들 수 있는
용기를 주었다.

스탠리 큐브릭(1928-1999)

I didn't know what you couldn't do. I didn't deliberately set out to invent anything. It just seemed to me, "Why not?"… **That was the gift I brought to *Kane*… ignorance.**

Orson Welles (1915–85)

당신이 뭘 할 수 없는지 나는 몰랐다.
내가 의도적으로 무언가를
발명해내려 한 적은 없었다.
그저 내 눈에는…… "안 될 게 뭐야?"
〈시민 케인〉*을 만들게 한 재능은
그것이었다……
무지.

오슨 웰스(1915-1985)

* 〈시민 케인〉은 오슨 웰스가 감독과 주연을 겸한 1941년작 미국 영화이다. 영화 역사
상 최고의 걸작 중 한 편으로 꼽히며, 영화사 최고의 걸작을 논할 때 빠지지 않고 최상위
에 언급된다.

I never really got interested
in film per se, until one afternoon
when I saw *Citizen Kane*....It
was a revelation to me, as it was
to a lot of people. **All of a sudden
here was this massive, complex,
involving story that left the screen
with you.** It didn't stay on the screen
and lay back there like certain kinds
of food that you eat and then five
minutes later you're hungry again. It
really stayed with me and
I saw it again and again, five or
six times. It's kind of a quarry
for filmmakers, like James Joyce's
Ulysses is a quarry for writers.

William Friedkin (1935–)

나는 영화에 별로 관심이 없었다,
어느 날 오후 〈시민 케인〉을 보기 전까지는……
그 영화는 다른 많은 사람들에게 그랬듯
나에게도 하나의 계시였다.
묵직하고, 복잡하고, 끌어들이는 이야기는
한순간 스크린과 당신을 단둘이게 한다.
〈시민 케인〉은 상영이 끝난 뒤
마음 편히 스크린에 두고
떠날 수 있는 작품이 아니며,
마치 먹고 나서 5분 뒤면 다시
허기를 느끼게 하는 음식과도 같다.
그 영화는 진실로 나와 함께 있었고
나는 그 작품을 보고 또 봤다, 대여섯 번쯤.
영화감독들에게는 일종의 사냥감과도 같다,
제임스 조이스의 『율리시스』가
작가들에게 그러하듯이.

윌리엄 프리드킨(1935-)

Sometimes when you're heavy into the shooting or editing of a picture, you get to the point where you don't know if you could ever do it again. Then **suddenly you get excited by seeing somebody else's work.**

Martin Scorsese (1942–)

촬영이나 편집과 관련해
문제가 심각해질 때면,
다시 영화를 찍을 수 있을지
알 수 없는 지점에 다다른다.
그때 갑자기 다른 사람의
작품을 보는 일이 즐거워진다.

마틴 스코세이지(1942-)

I'M THE BEST PLAGIARIST IN THE WORLD. I STEAL FROM THE BEST. I LIKE TO CALL IT HOMAGE.

Tony Scott (1944–2012)

나는 세계 최고의 표절자다.

나는 최고에서 훔친다.

나는 그것을 오마주라고 부른다.

토니 스콧(1944-2012)

Devour old films, new films,
music, books, paintings,
photographs, poems, dreams,
random conversations,
architecture, bridges,
street signs, trees, clouds,
bodies of water, light
and shadows. Select only
things to steal from that
speak directly to your soul.
If you do this, your work
(and theft) will be authentic.
**Authenticity is invaluable;
originality is nonexistent.**

Jim Jarmusch (1953–)

오래된 영화, 새로운 영화,
음악, 책, 그림, 사진, 시,
꿈, 무작위의 대화, 건축,
다리, 도로표지판, 나무,
구름, 강이나 바다,
빛과 그림자를 탐닉하라.
당신의 영혼에 직접 말을
거는 것들만을 훔칠 것으로
선택하라. 이렇게 한다면,
당신의 작업(그리고 도난품)은
진품이 되리라.
진품은 값을 따질 수 없다.
독창성은 존재하지 않는다.

짐 자무시(1953-)

If you make movies about movies and about characters instead of people, **the echoes get thinner and thinner** until they're reduced to mechanical sounds.

John Huston (1906–87)

영화를 만들기 위해 영화를 만들고,
사람 이야기 대신 캐릭터에만 몰두하면,
영화가 지닌 울림은 기계음으로
들릴 때까지 점점 희미해질 것이다.

존 휴스턴(1906-1987)

THE WORLD HAS ALWAYS BEEN
FULL OF SHEEP. YOU WANT TO
BE A SHEEP, OKAY, THIS IS
A DEMOCRACY. BUT **IF YOU WANT
TO FIND YOUR OWN WAY, THIS
IS THE TIME TO DO IT.** IT'S
NOT HARDER TO BE YOURSELF,
IT'S JUST MORE OBVIOUS
THAT IT'S HARD. REALLY HARD.
IT'S ALWAYS BEEN HARD.
IT WAS HARD FOR KEATS.

Jane Campion (1954–)

세계는 언제나 양*으로 가득했다.

당신이 양이 되고자 한다면, 좋다,

이것이 민주주의다.

하지만 만일 당신이 자신만의 길을 찾고자 한다면,

지금이 그때다.

당신 자신이 되는 일이 더 어려운 것이 아니라,

그저 어렵다는 사실이 분명할 뿐이다.

정말 어렵다.

언제나 어려운 일이었다.

키츠에게도 어려운 일이었다.

제인 캠피온(1954-)

---

* 제인 캠피온이 언급하는 양(sheep)은 상징적으로 무리 안에서 안도감을 느끼는 보통의 존재를 뜻한다. 군중이 다수의 의견을 따라 결정을 내리는 방식이 민주주의를 대표하는 투표제도일 텐데, 자신만의 길을 찾는 창작은 다수결로 이루어질 수 없다는 뜻이다. 마지막 문장에서 언급하는 키츠는, 영국의 시인 존 키츠를 일컫는데, 1821년 25세에 폐결핵으로 세상을 떠난 뒤에야 바이런, 셸리와 더불어 영국 낭만주의를 대표하는 시인으로 평가받았다.

For the working
director, there is
no conscious form
from film to film.
We all know what our
ambitions are, but
in a very healthy way
**we are all unconscious
of "signature."**

Michael Mann (1943–)

작업하는 감독을 위해 말하면
영화에서 영화로 이어지는
의식적인 형태가 따로 있는 것이 아니다.
우리 자신의 야망이 무엇인지는 모두 알지만,
우리 모두 '시그니처(인장)'가 무엇인지는 알지 못한다.

마이클 만(1943-)

PEOPLE ASK YOU
ABOUT YOUR SIGNATURE
ON THE MOVIE, OR
WHATEVER. NOBODY
WANTED TO SIGN THE
DAMN MOVIE. YOU
KNOW WHAT I MEAN?
**WE'RE JUST TRYING
TO DO JUSTICE TO THE
STORY. WE'RE NOT
TRYING TO PEE ON IT.**

Ethan Coen (1957–)

사람들은 당신에게
당신 영화의 시그니처니 뭐니
하는 것에 대해 묻는다.
아무도 그따위 영화에
사인을 하고 싶어한 적은 없다.
무슨 말인지 알겠나?
우리는 그저 이야기를
제대로 다루려고 노력할 뿐이다.
우리는 영화에 영역 표시를 하려는 게 아니라고.

에단 코엔(1957-)

Success can be a nightmare.
When you are identified
always with a certain title,
with a certain movie, especially
with a certain sequence
in that movie, it becomes
a kind of a little nightmare.

Bernardo Bertolucci (1940-2018)

성공은 악몽이 될 수 있다.
당신이 언제나
특정 타이틀이나 특정 영화로
특히 그 영화의 특정 장면으로
알려지게 되면,
그것은 일종의 악몽이 된다.

베르나르도 베르톨루치(1940-2018)

IF I MADE *CINDERELLA* INTO A MOVIE, EVERYONE WOULD LOOK FOR A CORPSE.

Alfred Hitchcock (1899–1980)

내가 '신데렐라'를 영화로 만든다면,
사람들은 시체를 찾을 것이다.

앨프리드 히치콕(1899-1980)

In France I'm an auteur, in England I'm a filmmaker, in Germany I make horror films, and in the United States I'm a bum.

John Carpenter (1948–)

프랑스에서 나는 작가이고,
영국에서는 나는 영화감독이고,
독일에서 나는 공포영화를 만들고,
미국에서 나는 쓸모없는 놈이다.

존 카펜터(1948-)

* 존 카펜터 감독은 공포영화의 거장이다. 1978년작 〈할로윈〉은 공포영화 중에서도 잔혹
한 무차별 살인마가 등장하는 슬래셔 무비의 고전으로 꼽힌다. 그의 작품이 지닌 예술적 평
가는 고국인 미국보다는 프랑스, 영국, 독일을 비롯한 유럽 국가들에서 먼저 이루어졌다.

I think of horror films as art, as films of confrontation. Films that make you confront aspects of your own life that are difficult to face. Just because you're making a horror film doesn't mean you can't make an artful film.

David Cronenberg (1943–)

나는 공포영화가 예술이라고,
직면하게 하는 영화라고 생각한다.
삶에서 직면하기 어려운 요소들을
마주하게 만드는 영화들.
단지 공포영화를 만든다고 해서
예술적인 영화를 만들 수
없는 것은 아니다.

데이비드 크로넨버그(1943-)

Life is a tragedy when seen in close-up, but a comedy in long-shot.

Charlie Chaplin (1889–1977)

삶은 가까이서 보면 비극,

멀리서 보면 희극.

찰리 채플린(1889-1977)

Tragedy is if I cut my finger. Comedy is if you walk into an open sewer and die.

Mel Brooks (1926–)

비극은 내가 손가락을 베는 것이다.
희극은 걷다가 뚜껑 열린 하수관에
떨어져 죽는 것이다.

멜 브룩스(1926-)

Eleven Rules for Box Office Appeal:

1. A pretty girl is better than an ugly one.

2. A leg is better than an arm.

3. A bedroom is better than a living room.

4. An arrival is better than a departure.

5. A birth is better than a death.

6. A chase is better than a chat.

7. A dog is better than a landscape.

8. A kitten is better than a dog.

9. A baby is better than a kitten.

10. A kiss is better than a baby.

11. A pratfall is better than anything.

Preston Sturges (1898–1959)

박스오피스에 어필하는 11가지 법칙:

1. 예쁜 여자가 못생긴 여자보다 낫다.

2. 다리가 팔보다 낫다.

3. 침실이 거실보다 낫다.

4. 도착이 출발보다 낫다.

5. 탄생이 죽음보다 낫다.

6. 추격이 수다보다 낫다.

7. 개가 풍경보다 낫다.

8. 새끼고양이가 개보다 낫다.

9. 아기가 새끼고양이보다 낫다.

10. 키스가 아기보다 낫다.

11. 그 무엇보다도 엉덩방아가 낫다.

프레스턴 스터지스(1898-1959)

THERE ARE NO RULES IN FILMMAKING, ONLY SINS. AND **THE CARDINAL SIN IS DULLNESS.**

Frank Capra (1897–1991)

영화 만들기에
규칙은 없다.
오직 죄만이 있다.
대죄는 지루함이다.

프랭크 카프라(1897-1991)

Photography is truth.

The cinema is truth twenty-four times per second.

Jean-Luc Godard (1930–)

사진은 진실이다.
영화는 초당 24번의 진실이다.[*]

장 뤽 고다르(1930-)

* 〈작은 병정가〉(1960)에서

FILM LIES TWENTY- FOUR TIMES A SECOND.

Brian De Palma (1940–)

영화는 초당 24번 거짓말을 한다.

브라이언 드 팔마(1940-)

Films aren't real;
they're completely
constructed.
All forms of film
language are a
choice, and none
of it is the truth.

Todd Haynes (1961–)

영화는 실재가 아니다.
완전히 구성된 것이다.
모든 형태의 영화언어는
선택이며, 그중 어느 것도
진실은 아니다.

토드 헤인즈(1961-)

As a documentarian, **I happily place my faith in reality.** It is my caretaker, the provider of subjects, themes, experiences— all endowed with the power of truth and the romance of discovery.

Albert Maysles (1926-2015)

다큐멘터리스트로서,
나는 기꺼이 내 신념을 리얼리티에 둔다.
리얼리티는 진실의 힘과 발견의 낭만으로 충만한
나의 관리인이며, 소재, 주제, 경험의 제공자이다.

앨버트 메이슬리스(1926-2015)

If you ask me what directing is, the first answer that comes into my head is: I don't know.

Michelangelo Antonioni (1912–2007)

내게 연출이 무엇이냐 묻는다면,
머릿속에 떠오르는 첫 번째 대답은:
나는 모른다.

미켈란젤로 안토니오니(1912-2007)

All film directors, whether famous or obscure, regard themselves as misunderstood or underrated. Because of that, they all lie. They're obliged to overstate their own importance.

François Truffaut (1932–84)

유명하든 무명이든 모든 영화감독은
자신이 오해받았거나 과소평가받았다고 생각한다.
그렇기 때문에 그들 모두 거짓말을 한다.
그들은 자신의 중요도에 대해 과장하게 되어 있다.

프랑수아 트뤼포(1932-1984)

The key word in art—
it's an ugly word, but it's
a necessary word—is *power*,
your own power. Power to
say, "I'm going to bend you
to my will." However you
disguise it, you're gripping
someone's throat. You're
saying, "My dear, this is
the way it's going to be."

Elia Kazan (1909–2003)

예술에서의 열쇠는,
흉측한 단어지만 필요한 단어로,
힘이다, 당신 자신의 힘.
"나는 당신을 내 의지대로 굴복시킬 것이다"
라고 말하는 힘.
아무리 아닌 척해도,
당신은 누군가의 목줄을 움켜쥐고 있다.
당신은 이렇게 말하는 중이다,
"이봐, 이렇게 되어야만 한다고."

엘리아 카잔(1909-2003)

I PROBABLY AM A LAZY ARTIST
AND PROBABLY DON'T
CONTROL THINGS AS MUCH AS
SOME PEOPLE WOULD LIKE—
BUT THAT'S MY BUSINESS.
AND IF MY STYLE IS TOO LOOSE
OR IMPROVISED FOR SOME
PEOPLE'S TASTE, THAT'S
THEIR PROBLEM—TOTALLY.

Robert Altman (1925–2006)

나는 아마도 게으른 예술가이리라.
그리고 아마도 어떤 사람들이
좋아할 방식으로 일을 제어하지 못할 것이다.
하지만 그건 내 일이 아니다.
만일 내 스타일이 어떤 사람들의 취향에
너무 느슨하고 즉흥적이라면,
그건 그들의 문제다.
완전히.

로버트 올트먼(1925-2006)

I TEND TO PUT DOWN
THE AUTEUR THEORY
BECAUSE A LOT OF
PEOPLE EMBRACED IT
AS A ONE-MAN/ONE-
CONCEPT KIND OF THING,
AND **MAKING A MOVIE
IS AN ENSEMBLE.**

Clint Eastwood (1930–)

많은 이들이 작가 이론을
한 사람/한 콘셉트 같은 식으로
받아들이기 때문에
작가 이론은 내려놓으려 한다.
영화 만들기는 앙상블이다.

클린트 이스트우드(1930-)

If you have a strong vision, then you're able to **throw it away for a better one.**

Julie Taymor (1952–)

만일 당신에게
강력한 비전이 있다면,
더 나은 비전을 위해 그것을
던져버릴 수 있다.

줄리 테이머(1952-)

I don't get attached to anything. I'm like a good antique dealer. I'm prepared to sell my most valuable table.

Ridley Scott (1937–)

나는 아무것에도 집착하지 않는다.
나는 훌륭한 골동품상과 같다.
가장 귀한 테이블을 팔 준비가 되어 있다.

리들리 스콧(1937-)

I LOVE MAKING MOVIES. IF I WASN'T PAID TO DO IT, I WOULD PAY TO DO IT.

David Lean (1908–91)

나는 영화 만드는 일을 사랑한다.
내가 그 일로 돈을 받지 않는다면,
돈을 내고라도 할 것이다.

데이비드 린(1908-1991)

I DISLIKE DIRECTING.
I HATE THE CONSTANT
DEALING WITH VOLATILE
PERSONALITIES.
DIRECTING IS EMOTIONAL
FRUSTRATION, ANGER,
AND TREMENDOUSLY
HARD WORK—SEVEN DAYS
A WEEK, TWELVE TO
SIXTEEN HOURS A DAY.

George Lucas (1944–)

나는 연출하기를 싫어한다.
불안정한 사람들을
꾸준히 상대하는 일이 정말 싫다.
연출은 감정적인 좌절과 분노,
그리고 일주일에 7일,
하루 12시간에서 16시간이 소요되는
엄청나게 힘든 일이다.

조지 루카스(1944-)

I keep the environment pretty relaxed—relaxed but focused. I work with the same people all the time. There's a form of band humor that develops: inside jokes and references that only a core group of people understand. It's fun. Some people believe tension is a good creative tool, that you get more out of people if you make them feel insecure. I'm not one of those people, and I don't want to be around that when I go to work.

Steven Soderbergh (1963–)

나는 주변을 꽤 편안하게 유지한다.
안정적이지만 집중이 되는 환경으로.
나는 언제나 같은 사람들과 일한다.
그러면 무리 내에서 통용되는 유머 같은 게 쌓인다.
우리끼리만 알 수 있는 농담과 레퍼런스는 재밌다.
어떤 사람들은 긴장이야말로 창조적이고 좋은
도구라고 믿고, 불안하게 느끼게 할수록
더 많은 것들을 끄집어낼 수 있다고 믿는다.
나는 그런 사람이 아니고, 그래서 일을 하러 갈 때
그런 정서에 둘러싸이고 싶지 않다.

스티븐 소더버그(1963-)

The fact is that nothing good ever came out of a happy set. You can't stay sharp without friction— that's just physics.

David Fincher (1962–)

행복한 현장에서는
좋은 것이 전혀 나오지
않는다는 것이 팩트다.
마찰 없이는 날카로움을
유지할 수 없다.
이건 단순한 물리학이라고.

데이비드 핀처(1962-)

I'm used to people not expecting much from me. But then as soon as I start working, that drops away. I don't yell. I'm petite. I don't turn into a tyrant. **Being underestimated is, in a way, a kind of advantage,** because people are usually pleasantly surprised by the result.

Sofia Coppola (1971–)

나는 내게 많은 것을
기대하지 않는 사람들에게 익숙하다.
하지만 내가 일을 시작하면,
그 모든 것이 사라진다.
나는 소리지르지 않는다.
나는 작다.
나는 독재자로 변하지 않는다.
과소평가되는 것은 일종의 장점인데,
사람들이 대체로 내 작업물에
유쾌하게 놀랄 수 있기 때문이다.

소피아 코폴라(1971-)

I DON'T *GET* ULCERS. I CAUSE THEM.

Otto Preminger (1905–86)

나는 위궤양에 걸리지 않는다.
위궤양을 유발하지.

오토 프레밍거(1905-1986)

The director must be a policeman, a midwife, a psychoanalyst, a sycophant, and **a bastard.**

Billy Wilder (1906–2002)

영화감독은
경찰, 산파, 정신분석의, 아첨꾼
그리고 **악당**이 되어야 한다.

빌리 와일더(1906-2002)

ULTIMATELY BEING A GOOD DIRECTOR IS A UNIQUE COMBINATION OF MALE AND FEMALE QUALITIES: YOU ARE A FOUR-STAR GENERAL, AN INSPIRATIONAL LEADER AND STRATEGIST, AS WELL AS THE MOST NURTURING MOTHER IN THE WORLD.

Martha Coolidge (1946–)

궁극적으로
좋은 영화감독이란
남성과 여성의 특징을
독특하게 조합한 존재다.
당신은 4성 장군이고,
영감을 주는 리더이고,
전략가이며, 세상에서
가장 잘 양육하는
어머니다.

마사 쿨리지(1946-)

I BELIEVE WHAT I SAID IS, "ACTORS SHOULD BE *TREATED* LIKE CATTLE." OF COURSE I WAS JOKING, BUT IT SEEMS I WAS TAKEN SERIOUSLY. IF I HAD BEEN SPEAKING SERIOUSLY, I WOULD HAVE SAID, "ACTORS ARE CHILDREN."

Alfred Hitchcock (1899–1980)

내가 한 말은 "배우는 소처럼
다뤄져야 한다"는 거였다.
물론 농담이었지만, 그 말이
심각하게 받아들여진 듯하다.
내가 진지하게 말했더라면
이렇게 말했을 것이다.
"배우는 어린아이다."

앨프리드 히치콕(1899-1980)

Actors are the best
and the worst of people.
They're like kids.
When they're good,
they're very, very good.
When they're bad,
they're very, very naughty.
The best actors,
I think, have a childlike
quality…an ability
to lose themselves.
There's still some silliness.

Kenneth Branagh (1960–)

배우는 최고이자 최악의 인간이다.
그들은 아이들과 같다.
좋을 때는 아주, 아주 좋다.
나쁠 때는 아주, 아주 무례하다.
최고의 배우들은, 내 생각엔,
아이 같은 자질을 가지고 있다……
자신을 놓을 줄 아는 능력.
여전히 남아 있는 약간의 철없음.

케네스 브래너(1960-)

The difference between being a director and being an actor is the difference between being the carpenter banging the nails into the wood and being the piece of wood the nails are being banged into.

Sean Penn (1960–)

영화감독 되기와 배우 되기의 차이는
나무에 못을 박아넣는 목수와
못이 박히는 나무 조각의 차이와 같다.

숀 펜(1960-)

The difference between directing yourself and being directed, if you'll excuse the analogy, is the difference between masturbation and making love.

Warren Beatty (1937–)

연출을 하는 것과 연출되는 것의 차이는,
비유해도 된다면, 자위와 섹스의 차이와 같다.

워렌 비티(1937-)

TO BE CANDID, IT'S GOTTEN OUT OF CONTROL. BECAUSE EVERYBODY IS A DIRECTOR, EVERYBODY IS A PRODUCER, **EVERYBODY KNOWS EVERYTHING.**

Peter Bogdanovich (1939–)

솔직히 말하면,
제어 불능 상태였다.
모두가 감독이고, 제작자이며,
모든 걸 다 아는 전지전능한 사람처럼
떠들어댔기 때문이다.

피터 보그다노비치(1939-)

NOBODY KNOWS ANYTHING.

William Goldman (1931-2018)

제대로 아는 사람은 아무도 없다.

윌리엄 골드먼(1931-2018)

IT WOULD BE UNTHINKABLE
FOR A WRITER TO TELL A
DIRECTOR HOW TO DIRECT OR
A PRODUCER HOW TO PRODUCE
OR AN ACTOR HOW TO ACT
OR A CINEMATOGRAPHER HOW
TO LIGHT A SCENE. BUT **IT
IS NOT AT ALL UNTHINKABLE
FOR ANYONE TO TELL A WRITER
HOW TO WRITE.** IT COMES
WITH THE TERRITORY.

Ernest Lehman (1915–2005)

작가가 감독에게
어떻게 연출하라고 말하거나
제작자에게 어떻게 제작하라고,
배우에게 어떻게 연기하라고,
촬영감독에게 어떻게 조명을 치라고
말하는 건, 생각조차 할 수 없는 일 같다.
하지만 **작가에게 어떻게 쓰라고 말하는 건**
전혀 생각할 수 없는 일이 아닌 모양이다.
그것은 전문 영역의 문제인데 말이다.

어니스트 리먼(1915-2005)

They seem to
think that once it's
printed on paper
it becomes gospel.
But that isn't so,
at least not in
my way of thinking.

Howard Hawks (1896–1977)

한 번 종이에 인쇄되고 나면
진리가 되는 줄 아는 모양이다.
하지만 그렇지 않다.
최소한 내 생각에는 말이다.

하워드 혹스(1896-1977)

Give me a good script, and I'll be a hundred times better as a director.

George Cukor (1899–1983)

내게 좋은 시나리오를 달라,

그러면 백 배쯤 더 나은

감독이 되어 보이겠다.

조지 쿠커(1899-1983)

WELL, THERE'S NO SUCH THING AS A GOOD SCRIPT, REALLY.

John Ford (1894–1973)

음……
좋은 시나리오 같은 건 없다,
정말로.

존 포드(1894-1973)

THE MOST IMPORTANT THING ON ANY FILM IS THAT SCRIPT. YOU'VE GOT TO HAVE IT, BECAUSE IF IT'S NOT ON THE PAGE, IT'S NOT GOING TO GET OUT THERE ON THE SCREEN. SO THAT'S NUMBER ONE.

Robert Wise (1914–2005)

어떤 영화에서든
가장 중요한 것은 좋은 시나리오다.
그 시나리오를 확보해야 한다,
시나리오에 적혀 있지 않은 것이
스크린에 영사될 리 없기 때문이다.
시나리오가 첫째로 중요하다.

로버트 와이즈(1914-2005)

My scripts are in visual form.... I don't think it's a literary medium anyway, so why waste work?

Satyajit Ray (1921–92)

내 시나리오는
시각적 형식이다……
나는 시나리오가 어차피
문학적 매체라고 생각하지 않는다,
그러니 왜 작업을 낭비한단 말인가?

사티야지트 레이(1921-1992)

The images alone
are insufficient.
They are very
important, but they
are only images.
The essential thing
is how long each
image lasts, what
follows each image.
All of the eloquence
of film is created
in the editing room.

Orson Welles (1915–85)

이미지만으로는 불충분하다.
이미지는 매우 중요하지만 이미지에 불과하다.
핵심적인 것은 이미지가 얼마나 오래 지속되는지,
각 이미지 뒤에 무엇이 이어지는가다.
영화가 말하는 모든 것은 편집실에서 창조된다.

오슨 웰스(1915-1985)

You could not take the camera and just show a nude woman being stabbed to death. It had to be done impressionistically. So **it was done with little pieces of film: the head, the feet, a hand, parts of the torso…the shower itself.** I think in that scene there were seventy-eight pieces of film in about forty-five seconds.

Alfred Hitchcock (1899–1980)

카메라를 가져다 발가벗은 여자가 칼에 찔려
죽는 모습을 그냥 보여줄 수는 없다.
인상주의적으로 행해져야 한다.
그래서 작은 컷으로 보여주는 것이다.
머리, 다리, 손, 상체의 일부…… 샤워 그 자체.
그 장면*에는 45초간 78개의 컷이 있었다.

앨프리드 히치콕(1899-1980)

* 앨프리드 히치콕 감독의 1960년작 〈사이코〉의 장면을 말한다.

**My movie is born
first in my head,** dies on
paper, is resuscitated
by the living persons
and real objects I use,
which are killed
on film but, placed in
a certain order and
projected onto a screen,
come to life again
like flowers in water.

Robert Bresson (1901–99)

내 영화는 내 머릿속에서 처음으로 태어나,
종이 위에서 죽어가며, 내가 사용하는
살아 있는 사람과 실제 물건들에 의해 소생되는데,
필름 위에서 죽임을 당하지만, 편집을 통해
어떤 질서로 배열되고 스크린에 영사되면
물속의 꽃처럼 되살아난다.

로베르 브레송(1901-1999)

IT'S ALL ABOUT MAKING SURE THE FILM BOUNCES OFF THAT SHEET AND COMES TO LIFE IN THE MIND OF THE AUDIENCE. WHAT IS A FILM OUTSIDE THE AUDIENCE'S MIND?

George Stevens (1904–75)

영화는 종이(시나리오)에서 튀어나와
관객의 마음속에서 살아 움직인다.
영화가 관객의 마음을 파고들지
못한다면 무슨 소용인가?

조지 스티븐스(1904-1975)

In a sense, making movies is itself a quest. A quest for an alternative world, a world that is more satisfactory than the one we live in. That's what first appealed to me about making films. **It seemed to me a wonderful idea that you could remake the world**, hopefully a bit better, braver, and more beautiful than it was presented to us.

John Boorman (1933–)

영화 만들기 그 자체는 어떤 의미에서 탐색이다.
대안의 세계, 우리가 사는 세계보다 더 만족스러운
세계를 찾는 탐색. 그것이 내가 영화를 만들려고
했던 때 가장 먼저 마음을 끌었던 부분이다.
우리 앞에 놓인 실제 세상보다
더 낫고, 더 용감하고, 더 아름다운
세계를 재창조할 수 있는
멋진 아이디어처럼 보였다.

존 부어맨(1933-)

Follow your vision.
Form secretive Rogue Cells everywhere. At the same time, be not afraid of solitude.

Werner Herzog (1942–)

당신의 비전을 따라라.
어디에서나 비밀스럽게 어울릴 무리를 만들어라.
동시에, 고독을 두려워하지 마라.

베르너 헤어조크(1942-)

One day we had to write
compositions on what we wanted
to do. I wrote mine on why
I wanted to be a writer for
Mad magazine, and the boy next
to me wrote his on why he
was going to be a movie director.
And I just was, like, wait
a minute. Movie director is,
like, for big shots, people
in Hollywood. **Who told you you
could be a movie director?**
I was just so jealous and I guess
it started to dawn on me that
that was what I wanted to do.

Amy Heckerling (1954–)

어느 날 우리는 무엇을 하고
싶은지에 대해 작품을 써야 했다.
나는 왜 《매드》 매거진에 글을 기고하는
작가가 되려는지 쓰고 싶었는데,
내 옆자리에 앉은 남자애는 왜 자신이
영화감독이 되려는지에 대해 적었다.
나는 그때, 뭐랄까, 잠깐만.
영화감독이라면, 그러니까, 좀,
할리우드 거물들이 하는 일 아닌가.
네가 영화감독이 될 수 있다고 누가 그래?
나는 너무 질투가 났고 그것이야말로
내가 하고 싶었던 것이라는 생각이
그때 분명해졌던 것 같다.

에이미 해커링(1954-)

I also remember being forced to sit in church, listening to a very boring sermon, but it was a very beautiful church, and I loved the music and the light streaming through the windows. **I used to sit up in the loft beside the organ, and when there were funerals, I had this marvelous long-shot view of the proceedings,** with the coffin and the black drapes, and then later at the graveyard, watching the coffin lowered into the ground. I was never frightened by these sights. I was fascinated.

Ingmar Bergman (1918–2007)

교회에 억지로 앉아 아주 지루한 설교를
듣는 중이었던 것으로 기억한다.
하지만 그곳은 아주 아름다운 교회였고,
나는 음악과 창문을 통해 흘러드는 빛이 좋았다.
나는 오르간 옆의 자리에 앉곤 했는데
장례식이 있을 때면 일련의 과정을
멋진 롱샷으로 볼 수 있었다.
관과 검은 휘장이 있었고, 나중에 묘지에서는
땅 아래로 관이 내려가는 모습을 보았다.
나는 이 광경에 전혀 겁먹지 않았다.
오히려 매혹되었다.

잉마르 베리만(1918-2007)

I want to risk hitting my head on the ceiling of my talent. I want to really test it out and say, "Okay, you're not that good. You just reached the level here." I don't ever want to fail, but **I want to risk failure every time out of the gate.**

Quentin Tarantino (1963–)

나는 내 재능의 천장에
머리가 부딪힐 정도가 되었으면 한다.
정말 그렇게 해보고 이런 말을 하고 싶다,
"그래, 넌 그렇게 훌륭한 건 아니구나.
너는 겨우 이 정도 수준에 도달했을 뿐이야."
나는 실패하기를 원한 적은 없지만,
작업을 시작할 때마다 실패할 위험을 무릅쓰고 싶다.

쿠엔틴 타란티노(1963-)

Cinema without risk is like having no sex and expecting to have a baby. You have to take a risk.

Francis Ford Coppola (1939–)

위험을 감수하지 않는 시네마는
마치 섹스하지 않고
아이 갖기를 원하는 것과 같다.
모험을 해야 한다.

프랜시스 포드 코폴라(1939-)

There is no real magic
in being a director.
**All I do is imagine in my
mind what the finished
movie will be like,**
both as a whole and the
scenes of the day.
I hear it all and I see it all.
I get this virtual mental
image of the film,
then I show up for work.

Peter Jackson (1961–)

영화감독이 되는 데 진짜 마법은 필요 없다.
나는 마음속으로 완성된 영화가 어떨지를 상상할 뿐인데
완성된 영화와 매일 촬영할 장면 모두를 상상한다.
언제나 영화에 대한 이야기를 듣고 또 본다.
나는 이 가상의 정신적 영화에 대한
상을 가지고 현장에 임한다.

피터 잭슨(1961-)

WHEN I GO ON THE SET
OF A SCENE, I INSIST
ON REMAINING ALONE
FOR AT LEAST TWENTY
MINUTES. **I HAVE NO
PRECONCEIVED IDEAS OF
HOW THE SCENE SHOULD
BE DONE,** BUT WAIT
INSTEAD FOR THE IDEAS
TO COME THAT WILL
TELL ME HOW TO BEGIN.

Michelangelo Antonioni (1912–2007)

세트장에 갈 때, 나는 최소한 20분은
혼자 있고자 한다. 그 **신이 어떻게
되어야 하는지 사전에 생각해두지 않는**
대신, 어떻게 시작할지 알려주는
아이디어가 떠오를 때까지 기다린다.

미켈란젤로 안토니오니(1912-2007)

The truth is that nobody knows what that magic combination is that produces a first-rate piece of work....
All we can do is prepare the groundwork
that allows for the "lucky accidents" that make a first-rate movie happen.

Sidney Lumet (1924–2011)

최고 수준의 작품을
만들어내는 마법의 조합은
아무도 모른다. 그게 진실이다.
우리가 할 수 있는 일은
최고 수준의 영화를
탄생시킬 '운 좋은 사고'가
일어날 수 있도록
밑작업을 하는 것뿐이다.

시드니 루멧(1924-2011)

MOST OF THE GOOD THINGS IN PICTURES HAPPEN BY ACCIDENT.

John Ford (1894–1973)

영화에서 좋은 장면들은
거의 모두 **우연히** 발생한다.

존 포드(1894-1973)

Do you know what moviemaking is?
Eight hours of hard work each
day to get three minutes of film.
And during those eight hours,
**there are maybe only ten or twelve
minutes, if you're lucky, of real
creation.** And maybe they don't come.
Then you have to gear yourself
for another eight hours and pray
you're going to get your good
ten minutes this time. Everything
and everyone on a movie set
must be attuned to finding those
minutes of real creativity.

Ingmar Bergman (1918–2007)

영화 만들기가 어떤 일인지 알고 있는가?

영화의 3분을 얻기 위해

매일 8시간 중노동을 하는 것이다.

그 8시간 중 어쩌면 고작 10분 혹은 12분,

그것도 운이 좋다면,

진정한 창작의 시간이 있다.

어쩌면 그 시간은 오지 않을지도 모른다.

그러면 당신은 다시 8시간의 노동을 위해

스스로를 재정비하고

이번에는 훌륭한 10분을 얻기를 기도해야 한다.

촬영 현장의 모든 것과 모든 사람은

그 진정한 창의성의 순간을 찾기 위해

조율되어야 한다.

잉마르 베리만(1918-2007)

PEOPLE DON'T UNDERSTAND HOW MUCH BOREDOM IS INVOLVED...WAITING FOR SOMETHING TO HAPPEN, AND THEN ALL OF A SUDDEN THE SHOT BEGINS AND YOU'RE CREATING A FANTASY. THERE'S NOTHING ELSE LIKE IT.

John Schlesinger (1926–2003)

사람들은 지루함이 얼마나 중요한지
이해하지 못한다……
어떤 일이 일어나기를 기다리고,
갑자기 촬영이 시작되고
당신은 판타지를 창조하게 된다.
세상에 그런 건 또 없다.

존 슐레진저(1926-2003)

영화인의 말　　**163**

IT'S BACK AND FORTH ALL THE WAY ALONG. YOU DEFINITELY HAVE MOMENTS OF CONFIDENCE, WHERE YOU FEEL LIKE, "WE GOT SOMETHING GREAT TODAY!" AND YOU GO HOME AT NIGHT, COMPLETELY UNABLE TO SLEEP, MAD WITH ENTHUSIASM AND CONFIDENCE. A COUPLE OF DAYS LATER, YOU'RE LOST AGAIN AND STRUGGLING TO MAKE SENSE OUT OF SOMETHING. BUT THAT'S OKAY.

Paul Thomas Anderson (1970–)

언제나 오락가락한다.

분명 자신감에 찬 순간이 있었다,
'오늘 정말 끝내주는데!' 하는 느낌이 드는 날이.
그리고 밤에 집에 돌아가면 열정과 자신감으로
전혀 잠들지 못할 수도 있다.
며칠이 지나면 또다시 길을 잃은 기분이 들고
어떻게든 말이 되게 만들려고 고군분투하게 된다.
하지만 그래도 괜찮다.

폴 토머스 앤더슨(1970-)

MAKING A MOVIE WAS LIKE VOMITING. I REALLY DID NOT LOOK FORWARD TO IT, BUT AFTER I DID IT, I FELT BETTER.

Warren Beatty (1937–)

영화 만들기는 구토와 같았다.
정말이지 고대하던 일은 아니었지만,
영화를 만들고 나면 기분이 나아졌다.

워렌 비티(1937-)

A FILM IS LIKE AN ILLNESS THAT IS EXPELLED FROM THE BODY.

Federico Fellini (1920–93)

몸밖으로 내쫓겨야 하는
병과 같은 영화.

페데리코 펠리니(1920-1993)

I don't know how much movies should entertain. To me, **I'm always interested in movies that scar.** The thing I love about *Jaws* is the fact that I've never gone swimming in the ocean again.

David Fincher (1962–)

영화가 얼마나 관객을 즐겁게 해야 하는지 나는 모른다.
나는 언제나 상처를 내는 영화들에 관심이 있다.
내가 〈죠스〉에 대해 사랑하는 한 가지는 바로
다시는 바다 수영을 하지 않게 되었다는 사실이다.

데이비드 핀처(1962-)

WHEN I MAKE A FILM, I DISTURB.

Jean Cocteau (1889–1963)

영화 만들기는, 불안하게 만드는 것.

장 콕토(1889-1963)

* 작곡가 스트라빈스키, 화가 피카소, 시인 아폴리네르 등과 교류했던 장 콕토는 시나리오를 쓰고 영화를 연출했으며, 소설가, 극작가, 시인 등 다방면으로 활동했다. 제1차 세계대전 이후 이전의 문학관에 반하는 작품 활동을 이어갔으며, 무서운 신인이라는 뜻으로 통용되는 '앙팡 테리블'은 그의 소설 제목에서 비롯한 관용어다.

I MAKE MOVIES TO ENTERTAIN PEOPLE, AND **IF I'M NOT ENTERTAINED, I HAVE FAILED.** THAT'S MY MOTTO. THEY'RE SPENDING HARD-EARNED MONEY; THEY WANT TO BE TAKEN ON A RIDE.

Jerry Bruckheimer (1945–)

나는 사람들을 즐겁게 하기 위해 영화를 만든다,
그리고 만일 나 자신이 즐겁지 못했다면
나는 실패한 것이다.
그게 내 신조다.
사람들은 어렵게 번 돈을 쓴다.
그들은 놀이기구에 타기를 원한다.

제리 브룩하이머(1945-)

I just don't think
about making political
points. I don't have an
agenda. The movies should
work unto themselves.
It becomes controversial
sometimes, but, frankly,
**I make stories. I make
them exciting.**

Oliver Stone (1946–)

나는 정치적 이슈를 만들어야
한다고 생각하지 않는다.
내게는 아젠다가 없다.
영화는 스스로 작동해야 한다.
때론 내 영화가 논란이 될 때도 있지만,
솔직히 말하면, **나는 이야기를 만든다.**
나는 흥분되는 영화를 만든다.

올리버 스톤(1946-)

WITH SOME PICTURES,
PEOPLE LEAVE THE THEATER
AND IT'S FORGOTTEN.
IF PEOPLE SEE A PICTURE
OF MINE, AND THEN SIT
DOWN IN A DRUGSTORE IN
A NEIGHBORHOOD OR HAVE
COFFEE AND TALK ABOUT
IT FOR FIFTEEN MINUTES,
THAT IS A VERY FINE REWARD,
I THINK. **THAT'S GOOD
ENOUGH FOR ME.**

Billy Wilder (1906–2002)

어떤 영화들을 보고 나면
관객은 극장을 나서면서 잊어버린다.
만일 사람들이 내 영화를 본 뒤
동네 약국에 앉아서, 혹은 커피를 마시며
내 영화에 대해 15분 정도 이야기를 나누면,
그것이야말로 아주 멋진 보상이라고 생각한다.
내게는 그것으로 충분하다.

빌리 와일더(1906-2002)

The most painful thing
is to think you will come to
see the film and then forget it.
It is also painful to think
that you see the film, remember
it for a little while, and *then*
forget it. So **I try to keep
you from forgetting.** I try to
present a human being that
you are unable to forget.

Akira Kurosawa (1910–98)

가장 고통스러운 일은
당신이 영화를 보고 나서
잊어버린다는 것이다.
영화를 보고 나서 잠시 기억하지만
결국 잊어버리는 것 역시 고통스럽다.
그래서 **나는 당신이 잊지 못하게 하려고 노력한다.**
나는 당신이 잊기 어려운 캐릭터를
제시하려고 노력한다.

구로사와 아키라(1910-1998)

I don't believe films change anyone's mind, but I was spawned during the Roosevelt era, a time of great change, and **I still believe in trying to get people to think.**

Stanley Kramer (1913–2001)

나는 영화가 사람의 마음을
바꿀 수 있다고 믿지 않는다.
하지만 나는 위대한 변화의 시대였던
루즈벨트 시대에 잉태되었고,
사람들이 생각하게 만들도록
노력해야 한다는 신념을
여전히 가지고 있다.

스탠리 크레이머(1913-2001)

THIS IS NOT AN ART-HOUSE
FILM. WE WANT PEOPLE
TO BE ENTERTAINED BY THE
COMEDY AND PERHAPS GET
SOME CATHARTIC PLEASURE
IN FEELING THAT THIS IS
ONE FOR OUR SIDE, THAT
THIS STICKS IT TO THE MAN.
BUT I HOPE IT'S AN AUDIENCE
THAT WILL WANT TO DO
SOMETHING WHEN IT LEAVES
THE THEATER, WHATEVER
THAT SOMETHING MIGHT BE.

Michael Moore (1954–)

이건 예술영화가 아니다.
우리는 사람들이 코미디에서 재미를 얻기를 원하고,
가능하면 이 작품은 우리 편이라는 데서 오는,
이 꼬챙이가 그 인간을 찌른다는 데서 오는,
카타르시스적 쾌감을 얻기를 원한다. 하지만 바라기는
관객들이 극장을 나서면서 무언가 행동하고 싶게,
어떤 행동이 되었든 하고 싶게 만들었으면 한다.

마이클 무어(1954-)

---

* 마이클 무어는 정치풍자적 다큐멘터리로 잘 알려져 있다. 〈볼링 포 콜럼바인〉(2002) 〈화
씨911〉(2004) 등을 연출했으며 조지 부시 전 미국 대통령이나 트럼프 대통령 등 보수 정
치인에 대한 풍자는 그의 트레이드 마크다.

I thought I was making a movie and I inadvertently made a film.

James Cameron (1954–)

나는 영화(movie)를 만들고 있다고 생각했는데,
어쩌다 보니 필름(film)을 만들었다.

제임스 카메론(1954-)

* 영화를 일컫는 영어 표현에는 크게 세 가지가 있다. 무비(movie), 필름(film), 시네마
(cinema)가 그것이다. 활동사진을 뜻하는 'moving picture'에서 시작된 무비는 가장 일반
적으로 영화를 가리키는 표현으로, 산업적이고 오락적인 뜻에서 널리 쓰이며 영화를 통칭
하는 표현이다. 필름은 (지금은 디지털카메라로 찍고 상영하지만 한때는 영화가 전부 필름
으로 촬영되고 영사되었다는 면에서) 영화의 본질적인 요소를 강조하는 표현으로, 영화학
교나 영화제를 명명할 때는 무비 대신 거의 항상 필름이 쓰인다. 영화의 오프닝이나 엔딩
크레딧에서 감독을 표기할 때 'a Film by'라고 표기해서 감독의 작가성을 나타내기도 한
다. 시네마는 뤼미에르 형제가 만든 영사기 시네마토그라프(cinematograph)에서 나온 단
어로, 필름보다 더 본질적이며 작가성을 강조한 영화로 언급되기도 한다.

I'VE ALWAYS HAD A NIGHTMARE. I DREAM THAT ONE OF MY PICTURES HAS ENDED UP IN AN ART THEATER, AND **I WAKE UP SHAKING.**

Walt Disney (1901–66)

나는 언제나 악몽을 꿨다.
그 꿈에서 내 영화 한 편이
결국 예술극장에서 상영되게 되고,
나는 덜덜 떨며 잠에서 깬다.

월트 디즈니(1901-1966)

WE HAVE TO GO BACK TO GUERRILLA FILMMAKING.

Spike Lee (1957–)

우리는 게릴라 영화 제작으로 돌아가야 한다.

스파이크 리(1957-)

The Vow of Chastity
I swear to submit to the following set of rules
drawn up and confirmed by Dogme 95:

1. Shooting must be done on location.
    Props and sets must not be brought in.
2. The sound must never be produced apart
    from the image, or vice versa.
3. The camera must be handheld. Any movement or
    immobility attainable in the hand is permitted.
4. The film must be in color. Special lighting
    is not acceptable.
5. Optical work and filters are forbidden.
6. The film must not contain superficial action.
7. Temporal and geographical alienation are forbidden.
8. Genre movies are not acceptable.
9. The film format must be Academy 35 mm.
10. **The director must not be credited.**

Lars von Trier (1956–)

Thomas Vinterberg (1969–)

순결의 서약

나는 도그마95에 의해 제안되고 확정된

다음의 규칙들을 따를 것을 선서한다.

1. 촬영은 반드시 로케이션으로 이루어져야 한다.

소품과 세트를 가져와서는 안 된다.

2. 사운드는 절대로 이미지와 분리해

만들지 않는다, 그 반대도 마찬가지다.

3. 카메라는 반드시 핸드헬드여야 한다. 손에서 얻을 수

있는 어떠한 움직임이나 정지 상태는 허용된다.

4. 필름은 반드시 컬러로, 특수조명은 허용되지 않는다.

5. 옵티컬 작업과 필터 사용을 금한다.

6. 영화는 피상적인 액션을 담아서는 안 된다.

7. 시간적이고 지리적인 이탈은 허용되지 않는다.

8. 장르 영화는 허용되지 않는다.

9. 영화 포맷은 반드시 아카데미 35mm여야 한다.

10. 감독 이름은 크레딧에 표기되지 않아야 한다.

라스 폰 트리에(1956-), 토마스 빈터베르크(1969-)

The artist and the multitude are **natural enemies.**

Robert Altman (1925–2006)

예술가와 군중은 천적이다.

로버트 올트먼(1925-2006)

WHAT I WANT IS FOR YOU NOT TO LIKE THE FILM, TO PROTEST. I WOULD BE SORRY IF IT PLEASED YOU.

Luis Buñuel (1900–83)

내가 당신에게 원하는 것은
영화를 좋아하는 것이 아니라
저항하는 것이다.
영화가 당신을 즐겁게 했다면
유감스러울 것이다.

루이스 부뉴엘(1900-1983)

THE PUBLIC IS NEVER WRONG.

Adolph Zukor (1873–1976)

대중은 결코 틀리지 않는다.

아돌프 주커(1873-1976)

The director is always right.

George Cukor (1899–1983)

감독은 언제나 옳다.

조지 쿠커(1889-1983)

I know how I feel about the film. **Why do I care about reviews? Why do I care about the box office?** But as soon as I ask the question, a voice in the back of my head always answers, "Because you *have* to care."

Ron Howard (1954–)

202

나는 내가 영화에 대해 어떻게 느끼는지 알고 있다.
내가 왜 리뷰에 신경써야 하지?
박스오피스에 왜 신경써야 하지?
하지만 내가 그 질문을 하자마자
내 머릿속 목소리가 언제나 이렇게 대답한다.
"당신은 신경써야만 하니까."

론 하워드(1954-)

I NEVER ANSWER MY CRITICS. THAT'S THE SIGN OF A TRUE AMATEUR.

John Waters (1946–)

나는 내 비평에 절대 응답하지 않는다.
그것은 진정한 아마추어의 표식이다.

존 워터스(1946-)

The one thing
I have found about
Hollywood is it's
a town full of
people who believe
in themselves,
often to a degree
where **they're
what you would
call "delusional."**

Diablo Cody (1978–)

할리우드에 대해 내가 알아낸 한 가지.
할리우드는 자기 자신을 믿는 사람들로
가득한 동네이며, 때로는 그 정도가 **당신이**
'망상적'이라고 하는 정도라는 사실이다.

디아블로 코디(1978-)

Hollywood is the only place where you can die of encouragement.

Pauline Kael (1919–2001)

할리우드는
격려 때문에 죽을 수 있는
유일한 곳이다.

폴린 카엘(1919-2001)

GIVEN THE CHOICE OF HOLLYWOOD OR POKING STEEL PINS IN MY EYES, I'D PREFER STEEL PINS.

Mike Leigh (1943–)

할리우드냐 내 눈에 쇠로 된 핀을 박을 거냐 중
선택하라면 나는 **쇠로 된 핀을 택할 것이다.**

마이크 리(1943-)

I'm not from the Mike Leigh school—

I'm interested in telling a story that will reach as wide an audience as possible. The Hollywood vernacular is very useful for that; it's very much an international language.

Christopher Nolan (1970–)

나는 마이크 리 스쿨 출신은 아니다.
나는 관객에게 가능한 광범위하게 닿을 수 있는
이야기를 하는 데 관심이 있다.
할리우드식 표현은 그런 면에서 아주 유용하다.
그것은 상당히 국제적인 언어니까.

크리스토퍼 놀란(1970-)

I don't mind the dance that you have to do in order to get something made— the hoops you have to jump through, the fake smiles you have to adopt. You just have to. **No one is entitled to anything. You have to earn it.**

Sam Mendes (1965–)

나는 당신이 일이 되게 하기 위해 어떤 춤을 추든,
커다란 원형 고리를 점프해서 통과하든,
가짜 미소를 꾸며내든 관심없다.
해야 할 일은 해야 한다.
애초에 할 권리를 가지고 태어나는 사람은
아무도 없다.
당신이 그 자격을 얻어내야 한다.

샘 멘데스(1965-)

THE WORST DEVELOPMENT
IN FILMMAKING—
PARTICULARLY IN
THE LAST FIVE YEARS—
IS HOW BADLY DIRECTORS
ARE TREATED. IT'S
BECOME ABSOLUTELY
HORRIBLE THE WAY
**THE PEOPLE WITH THE
MONEY DECIDE THEY CAN
FART IN THE KITCHEN,**
TO PUT IT BLUNTLY.

Steven Soderbergh (1963–)

영화제작에서, 특히 최근 5년간,

최악의 새로운 국면이라면,

감독들에 대한 처우가 얼마나 나쁜지다.

완전히 끔찍한 수준으로, **돈을 가진 사람들이**

부엌에서 방귀를 뀌겠다고 결정한다면,

그걸 난데없이 넣는 식이다.

스티븐 소더버그(1963-)

LIFE IN THE MOVIE BUSINESS IS LIKE THE BEGINNING OF A NEW LOVE AFFAIR. IT'S FULL OF SURPRISES, AND YOU'RE CONSTANTLY GETTING FUCKED.

David Mamet (1947–)

영화산업에서의 삶이란
새로운 **연애 사건의 시작**과도 같다.
놀라움으로 가득하며,
당신은 계속해서 엿먹기를 반복한다.

데이비드 마멧(1947-)

FUCK 'EM, FUCK 'EM ALL.

Robert Evans (1930-2019)

좆까, 다 좆까라 그래.

로버트 에반스(1930-2019)

The problem with market-driven art making is that movies are green-lit based on past movies.
So, **as nature abhors a vacuum, the system abhors originality.**
Originality cannot be economically modeled.

Lana Wachowski (1965–)

시장이 주도하는 예술 창작의 문제는
영화가 과거 영화들에 기반해
그린라이트를 받는다는 데 있다.
그래서, **자연은 진공을 혐오하고,**
시스템은 독창성을 혐오한다.
독창성은 경제적으로 모델링이 불가능하다.

라나 워쇼스키(1965-)

THEY'RE LIKE FAST-FOOD HAMBURGERS. THEY SELL A LOT OF THEM. THE MOVIE BUSINESS IS VERY SUCCESSFUL AND YOU HOPE THAT THE SUCCESS OF THOSE HAMBURGERS WILL FINANCE MORE ORIGINAL DISHES. BUT MORE OFTEN THAN NOT, I'M AFRAID IT JUST FINANCES MORE HAMBURGERS.

Warren Beatty (1937–)

그것은 마치 패스트푸드 햄버거 같다.
아주 많은 양을 판매한다.
영화산업은 아주 성공적이고
당신은 그런 햄버거들의 성공이
더 많은 독창적인 요리들에
자본을 댈 수 있기를 기대한다.
하지만 우려스럽게도 너무 자주
그저 더 많은 햄버거들에만 돈을 댄다.

워렌 비티(1937-)

I would like to not ever have to spend $20 million of anybody's money on a film.... You want to make a film with a fleet-footed and agile crew that doesn't leave a footprint. You don't want to mow down things in its wake. I like to work small and take a gentler approach to actually trying to capture something. It isn't because I can't manage a big budget. I just prefer not to.

Debra Granik (1963–)

나는 누구의 돈이든 2천만 달러를
영화에 쓰고 싶지는 않다…….
당신은 족적을 남기지 않는 발 빠르고
영리한 스탭과 일하고 싶을 것이다.
당신은 시작하는 단계에서
싹을 자르고 싶지 않을 것이다.
나는 작은 규모로 일하고 실제로
어떤 것을 포착하기 위한 부드러운
접근을 하고 싶다.
그건 내가 대규모 예산을
다룰 수 없어서가 아니라.
그저 그렇게 하고 싶지 않기 때문이다.

데브라 그래닉(1963-)

SENSITIVITY AND MONEY ARE LIKE PARALLEL LINES. THEY DON'T MEET.

Ang Lee (1954–)

섬세함과 돈은 평행선을 그린다.
그 둘은 절대 만나지 않는다.

이안(1954-)

I think one can make marvelous films that have no beginning, middle, or end.

Fred Zinnemann (1907–97)

나는 누군가가 **시작도, 중간도, 끝도** 없는
근사한 영화를 만들 수 있다고 생각한다.

프레드 짐머만(1907-1997)

A story
should have
a beginning,
a middle,
and an end,
but not
necessarily
in that order.

Jean-Luc Godard (1930–)

이야기에는 시작, 중간, 끝이 있어야 한다,
하지만 꼭 그 순서일 필요는 없다.

장 뤽 고다르(1930-)

No picture shall be produced which will **lower the moral standards** of those who see it.

Motion Picture Production Code of 1930 (Hays Code)

영화를 보는 사람의 **도덕적 기준을 낮추는**
어떠한 영화도 제작되어서는 안 된다.

영화제작강령, 1930년(헤이스 코드)

IT IS IN THE
INTEREST OF
PRODUCERS TO
**MAINTAIN A
CERTAIN MORAL
STANDARD,** SINCE,
IF THEY DON'T
DO THIS, THE
IMMORAL FILMS
WON'T SELL.

Jean Renoir (1894–1979)

일정한 도덕적 기준을 유지하는 것은
제작자들의 이익 때문인데,
그렇게 하지 않으면 부도덕적인 영화들이
잘 팔리지 않을 것이기 때문이다.

장 르누아르(1894-1979)

The Hays Office insisted
that we couldn't show
or glamorize a prostitute—
that's impossible....
You know how we overcame it?
We had to prominently
show a sewing machine
in her apartment: thus
**she was not a whore,
she was a "seamstress!"**

Fritz Lang (1890–1976)

미국영화협회는 우리가 창녀를 보여주거나
미화해서는 안 된다고 주장했다. 그건 불가능한데……
우리가 어떻게 그 문제를 해결했는지 아는가?
우리는 여자 캐릭터의 아파트에 재봉틀을 잘 보이게 했다.
그래서 그 여자는 창녀가 아니라 '재봉사'였다!

프리츠 랑(1890-1976)

NOTHING THAT IS EXPRESSED IS OBSCENE. WHAT IS OBSCENE IS WHAT IS HIDDEN.

Nagisa Oshima (1932–2013)

드러난 것은 음란하지 않다.
음란한 것은 감춰진 것이다.

오시마 나기사(1932-2013)

I don't want
to be made
pacified or made
comfortable.
I like stuff
that gets your
adrenaline going.

Kathryn Bigelow (1951–)

나는 진정시키거나 편안하게 만들고 싶지 않다.
나는 아드레날린이 치솟게 하는 게 좋다.

캐스린 비글로(1951-)

Quite simply,
a movie has
to grab me in
the place that
makes my voice
go high and
then I'll really
commit to it.

Steven Spielberg (1946–)

단순하게도, 영화는
**내 목소리가 높아질 수 있는
곳에 나를 잡아두고**
나로 하여금 진실로 영화에
헌신할 수 있게 해야 한다.

스티븐 스필버그(1946-)

People who look at these action movies and complain that the plots make no sense are completely missing the point, because they don't have to make sense. They're not made for people who care about plots, **they're made as an alternative to video games.**

Nora Ephron (1941–2012)

액션영화를 보고
플롯이 말도 안 된다고
말하는 사람들은 핵심을
완전히 놓치고 있다.
액션영화는 말이 될
필요가 없기 때문이다.
액션영화는 플롯에 관심 있는
사람들을 위해서가 아니라,
비디오 게임의 대체물로
만들어진다.

노라 에프론(1941-2012)

I LOVE COMEDIES, MUSICALS, AND THRILLERS LIKE EVERYBODY ELSE, BUT I CONFESS TO BELIEVING **ACTION PICTURES ARE WHAT MOVIES ARE MOST ESSENTIALLY ALL ABOUT.**

Walter Hill (1942–)

나는 다들 그렇듯
코미디, 뮤지컬, 스릴러를 사랑한다.
하지만 고백하자면, **액션영화야말로
영화의 정수를 가장 잘 담아낸다고** 믿는다.

월터 힐(1942-)

Most films reflect the world, and the world is violent and in a lot of trouble. It's not the other way around. **The films don't make a peaceful world violent—the violent world made the films.**

David Lynch (1946–)

대부분의 영화들은 세계를 반영한다.
그 세계는 폭력적이고 많은 문제점을 가지고 있다.
그 반대는 성립하지 않는다.
**영화는 평화로운 세계를 폭력적으로 만들지 않는다.
폭력적인 세계가 영화들을 만든다.**

데이비드 린치(1946-)

I DON'T FEEL THE NEED TO JUSTIFY THE VIOLENCE. IT'S WHAT EDISON INVENTED THE CAMERA FOR. IT'S SUCH A CINEMATIC THING. LITERATURE CAN'T QUITE DO IT. THEATER CAN'T QUITE DO IT. PAINTING CAN'T QUITE DO IT. CINEMA CAN DO IT. SURE, MY FILMS ARE FUCKING INTENSE. BUT IT'S A TARANTINO MOVIE. YOU DON'T GO TO A METALLICA CONCERT AND ASK THE FUCKERS TO TURN THE MUSIC DOWN.

Quentin Tarantino (1963–)

나는 폭력을 정당화해야 할 필요를 느끼지 않는다.

그것은 에디슨이 카메라를 발명한 이유다.

그것은 매우 시네마적인 일이다.

문학은 할 수 없다.

연극은 할 수 없다.

그림은 할 수 없다.

시네마는 할 수 있다.

물론, 내 영화는 존나 강렬하다.

하지만 그건 타란티노 영화다.

메탈리카 콘서트에 가면서 음악을 작게

틀어달라고 하지는 않을 거 아닌가.

쿠엔틴 타란티노(1963-)

This is not the age of manners. This is the age of kicking people in the crotch and telling them something and getting a reaction. **I want to shock people into awareness.** I don't believe there's any virtue in understatement.

Kenneth Russell (1927–2011)

지금은 예의범절의 시대가 아니다.
사타구니를 걷어차고 뭐라고
지껄인 뒤 반응을 얻어내는 시대다.
나는 사람들이 앎의 충격을 받았으면 한다.
나는 절제된 표현에 어떠한 미덕도
있다고 믿지 않는다.

케네스 러셀(1927-2011)

What you have is an
audience that is desensitized.
You have to give them
something bigger and better—
spend more money and have
something more lavish—
to even get their attention.
So, in a way, it's kind of
like you're a drug dealer,
and you've got somebody
whose habit is going up
and up, and they need a finer
and finer grade of dope.
You can't go back and give
them aspirin anymore.

John Sayles (1950–)

당신에게는 둔감해진 관객이 있다.
당신은 그들에게 더 크고 더 좋은 것을 주어야 한다.
관객의 관심을 얻기 위해 더 많은 돈을 쓰고
무엇이든 아끼지 않아야 한다. 그래서, 어떤 면에서
당신은 마약밀매상과 같고, 당신이 상대하는 사람들은
습관적으로 더욱더 고도의 쾌락을 추구하고 있어서
더욱더 정제된 마약을 필요로 한다. 예전으로 돌아가
그들에게 아스피린을 주는 일은 이제 불가능하다.

존 세일즈(1950-)

WHEN YOU USE VIOLENCE FOR ENTERTAINMENT, YOU'RE GETTING PRETTY LOW ON THE HUMAN SCALE.

Norman Jewison (1926–)

폭력을 엔터테인먼트로 사용하면,
당신은 인간다움을 낮잡아보는 것이다.

노먼 주이슨(1926-)

The point is that the violence in us, in all of us, has to be expressed constructively or **it will sink us.**

Sam Peckinpah (1925–84)

중요한 것은, 폭력이 우리 안에
우리 모두의 안에 있으며,
건설적으로 표현되어야 한다는 점이다.
그렇지 않으면 그것이
우리를 침몰시킬 것이다.

샘 페킨파(1925-1984)

I like period
pictures because
when you do a period
picture, if you do
it right, it's sort of
like a pre-shrunken
shirt. It won't
date, because it's
already dated.
It's kind of pre-dated,
because you capture
a moment in time.

Peter Bogdanovich (1939–)

나는 시대물을 좋아한다,
시대물을 찍으면, 제대로 찍으면,
쪼그라들기 전의 셔츠 같기 때문이다.
시대물은 구식이 되지도 않는데,
이미 구시대를 다루기 때문이다.
시대물은 마치 미리 도착한 이야기와 같은데,
순간을 시간 속에서 포착하게 되기 때문이다.

피터 보그다노비치(1939-)

IT'S JUST A **DAMN GOOD HOT TALE,** SO DON'T GET A LOT OF THEES, THOUS, AND THUMS IN YOUR MIND.

Cecil B. DeMille (1881–1959)

그건 그저 **끝내주게 좋은 핫한 이야기**이니,
그대니 뭐니 하는 수많은 고풍스런 표현들을
신경쓸 필요는 없다.

세실 B. 드밀(1881-1959)

[THE STUDIO] FINALLY UNDERSTOOD THAT BLACK AND WHITE IS NOT JUST AN ARTISTIC CHOICE, IT'S AN EMOTIONAL ONE AS WELL. **THE EMOTION IS STRONGER IN BLACK AND WHITE.**

Tim Burton (1958–)

(스튜디오는) 마침내 흑백영화가
그저 예술적인 선택만이 아니라
감정에 관련한 것임을 이해했다.
감정은 흑백영화에서 더 강렬하다.

팀 버튼(1958-)

Color can do anything that black and white can.

Vincente Minnelli (1903–86)

흑백영화가 할 수 있는 것은
무엇이든 컬러영화도 할 수 있다.

빈센트 미넬리(1903-1986)

DIGITAL, NO MATTER WHAT PEOPLE TELL YOU, IT'S BULLSHIT. THEY SAY, "OH, IT LOOKS JUST LIKE FILM." IT DOESN'T LOOK LIKE FILM AND NEVER WILL.

Michael Bay (1965–)

사람들이 뭐라고 하든 디지털은 헛소리다.
그들은 "와, 정말 영화 같다"고 하지만,
**영화처럼 보이지도 않고
앞으로도 마찬가지일 것이다.**

마이클 베이(1965-)

The cinema began with
a passionate, physical
relationship between
celluloid and the artists
and craftsmen and
technicians who handled
it, manipulated it,
and came to know it the
way a lover comes to know
every inch of the body
of the beloved. **No matter
where the cinema goes,
we cannot afford to lose
sight of its beginnings.**

Martin Scorsese (1942–)

시네마는 그것을 다루고, 조작하고,
사랑하는 이의 몸의 구석구석을 알게 되는 것과
같은 방식으로 셀룰로이드, 예술가, 장인, 기술자의
열정적인, 육체적인 관계에서 시작되었다.
시네마가 어디로 가든, 우리는 그것이
시작되었던 광경을 놓쳐서는 안 된다.

마틴 스코세이지(1942-)

That celluloid,
the actual film that
runs through the
camera, is dead.
That's gone, and
now digital is here.
But storytelling with
cinema never will die—
ever, ever, ever.
**The way the stories
are told may change,
but it will always be.**

David Lynch (1946–)

카메라를 통과해 돌아가는 실질적인 필름이라고
할 수 있는 그 셀룰로이드는 죽었다.
그것은 죽었고, 이제 디지털이 여기 있다.
하지만 카메라로 하는 스토리텔링은
결코 죽지 않을 것이다.
절대, 절대, 절대.
**이야기가 말해지는 방식은
변할지 모르지만,
언제나 존재할 것이다.**

데이비드 린치(1946-)

My favorite and preferred step
between imagination and image is
a strip of photochemistry that can
be held, twisted, folded, looked at
with the naked eye, or projected onto
a surface for others to see. It has
a scent, and it is imperfect. If you get
too close to the moving image, it's
like Impressionist art. And if you stand
back, it can be utterly photorealistic.
You can watch the grain, which I like
to think of as the visible, erratic
molecules of a new creative language....
Today, its years are numbered,
but **I will remain loyal to this analog
art form** until the last lab closes.

Steven Spielberg (1946–)

상상과 이미지 사이에서 내가
좋아하고 선호하는 단계는 쥐고, 비틀고,
접고, 맨눈으로 볼 수 있고,
또는 다른 사물의 표면에 영사되어
다른 사람들이 볼 수 있는 광화학의 조각이다.
그것에는 냄새가 있고, 불완전하다.
무빙 이미지에 너무 가까이 간다면,
그건 마치 표현주의 미술과 같을 것이다.
물러서서 보면, 순전히 사진으로 찍은 듯
사실적일 것이다. 당신은 자글거리는
알갱이들을 볼 수 있고, 나는 그것이
새로운 창의적 언어의 시각적이고 불규칙한
분자라고 생각하기를 좋아한다……
오늘날, 필름의 시대가 오래되었지만
나는 마지막 작업실이 문을 닫는 날까지
이 아날로그 예술 형태에 충실할 것이다.

스티븐 스필버그(1946-)

WE ARE PAINTING WITH LIGHT.

Rouben Mamoulian (1897–1987)

우리는 빛으로 그림을 그린다.

루벤 마물리안(1897-1987)

A cinematographer has to know more than just painting with light. He has to think about the movement, he has to think about what comes together when he shoots a sequence, that he knows which frames will meet. What's the rhythm of a scene, and how can he tell the story in the most visual way, the most dramatic way, to photograph a scene. **And that is much more than painting with light.**

Michael Ballhaus (1935-2017)

촬영감독은 단순히 빛으로 그림 그리기
이상의 것을 알아야 한다.
그는 움직임을 생각해야 하고,
시퀀스를 촬영할 때는 그 안에서 함께
움직이는 것을 생각해야 하며,
어떤 프레임들이 만나게 될지를 알아야 한다.
장면의 리듬은 무엇이고, 장면을 찍기 위해
가장 시각적이고 드라마틱한 방법으로
이야기할 수 있는 방법은 무엇인지를.
따라서 그것은 빛으로 그림 그리기보다
훨씬 더 큰 어떤 것이다.

마이클 볼하우스(1935-2017)

I DON'T DIRECT A FILM, I SET UP AN ATMOSPHERE AND **THE** *ATMOSPHERE* DIRECTS THE FILM.

John Cassavetes (1929–89)

나는 영화를 감독하지 않는다.
나는 분위기를 세팅하고
분위기가 영화를 감독하게 만든다.

존 카사베츠(1929-1989)

My directors of photography light my films, but the colors of the sets, furnishings, clothes, hairstyles— that's me. Everything that's in front of the camera, I bring you. **I work through intuition, like a painter with a canvas, building it up.**

Pedro Almodóvar (1949–)

나의 촬영감독들은 내 영화에 빛을 드리우지만,
세트장의 컬러, 가구, 옷, 헤어스타일, 그건 전부 나다.
카메라 앞의 모든 것을 나는 당신에게 제공한다.
나는 화가처럼 캔버스를 쌓아가며
영감을 통해 작업한다.

페드로 알모도바르(1949-)

WHEN YOU'RE MAKING
AN ANIMATED FILM...
YOU HAVE NO CHOICE BUT
TO BUILD EVERYTHING.
IF YOU WANT A PENCIL IN
THE SCENE, OR A CUP OF
COFFEE, OR IF YOU WANT
A TREE OR GRASS, YOU HAVE
TO MAKE IT, AND SOMEBODY'S
GOING TO CHOOSE HOW IT'S
MADE. AND SO **YOU HAVE
THE OPPORTUNITY TO DESIGN
EVERYTHING, YOU KNOW,
INCLUDING THE CLOUDS.**

Wes Anderson (1969–)

애니메니션 영화를 만들 때……
모든 것을 새로 짓는 것 말고는 방법이 없다.
그 장면에서 연필을 원하면, 혹은 커피 한 잔이나
나무 혹은 잔디를 원한다면, 그걸 만들어야만 하며,
다른 누군가가 그걸 어떻게 만들지 선택할 것이다.
그래서 **당신은 모든 것을 디자인할 기회를 얻게 된다**,
말하자면, 구름을 포함한 모든 것을.

웨스 앤더슨(1969-)

IT'S JUST ATTENTION TO DETAIL. IT'S STITCH AFTER STITCH AFTER STITCH. THERE'S NO SHORTCUT.

Tony Gilroy (1956–)

디테일에 관심을 기울이는 게 다.
한 땀 한 땀 한 땀씩. 지름길은 없다.

토니 길로이(1956-)

Having made one film, I decided that it was the best and most beautiful form that I knew and one that I wanted to continue with. **I was in love with it, as you say, really tremendously so.**

Orson Welles (1915–85)

영화 한 편을 만들고 나서, 나는 영화가 내가 아는
최고인 동시에 가장 아름다운 형태이며
내가 계속하고 싶은 단 하나라고 결심했다.
나는 흔히 말하듯 영화와 사랑에 빠졌다,
진실로 엄청나게 그렇다.

오슨 웰스(1915-1985)

It's art.
It's commerce.
It's heartbreaking
and it's fun.
It's a great way
to live.

Sidney Lumet (1924–2011)

그것은 예술이다.

그것은 상업이다.

그것은 가슴 아프기도 하고 재미있기도 하다.

그것은 살아가는 위대한 방법이다.

시드니 루멧(1924-2011)

I am the son
of filmmakers.
I was born with
this bow tie
made of celluloid
on my collar.

Sergio Leone (1929–89)

나는 영화인들의 아들이다.
나는 셀룰로이드로 된 보타이를
목에 달고 태어났다.

세르지오 레오네(1929-1989)

ACKNOWLEDGEMENTS

메건 캐리는 프린스턴 아키텍추럴 프레스 소속으로, 내가 영화 산업에서 과거 일했던 경험과 현재 글쓰기와 책 편집 일을 엮을 수 있는 유일하고 흥분되는 기회를 제공해주었다는 면에서 감사를 전한다. 특출난 재능의 편집자인 메건과 나는 오랜 역사를 공유한다. 처음 함께 일했을 때 메건은 나에게 많은 것을 가르쳐주었으며, 메건에게서 배울 수 있었던 기회에 대해 다시 한 번 감사한다. 메건은 특출나게 열심히 일하지만, 인내심과 웃음이 작업 과정의 열쇠임을 결코 잊는 법이 없다. (물론, 또한 디테일에 대한 주의도!)

프린스턴 아키텍추럴 프레스 소속의 사라 베이더, 러셀 페르난데즈 그리고 엘레나 슐렌커는 이 책이 최종적으로 책이 되는 데 꼭 필요한 이들이었다. 그들은 진실한 예술가들에 대한 취향과 안목뿐 아니라 내용이나 디자인을 희생시키지 않으며 전체 콘셉트의 세부사항에도 주의를 기울였다. 그들이 지닌 기술과 균형이란!

녹녹에 있는 나의 프로페셔널 멘토들에게도 감사한다. 나는 그들로부터 헤아릴 수 없을 만큼 많은 것들을 배웠는데, 특히 젠 빌릭, 크레이그 헤처 그리고 에린 콘리의 도움이 컸다. 케이티 아놀디, 당신은 언제나 나의 가장 큰 지지자이자 최고의 친구다.

마지막으로, 내 가족에게 감사하고 싶다. 부모님인 조지프와 제리 버틀러 두 분께. 평생 동안의 격려에 감사한다. 내 아이들인 멜, 토머스, 매디는 내게 영감을 준다. (매디는 나를 일리노이의 에반스턴에 있는 중고책 낙원이자 미궁인 북맨스 앨리로 이끌었는데, 그곳에서 나는 내 모든 문제를 풀어낸 앙드레 바쟁의 책을 발견했으므로 특별한 감사를 받을 자격이 있다.) 그리고 가너, 실망시키는 법이 없는 나의 챔피언.

제이미 톰슨 스턴

영화는 정답을 찾는 경주가 아니다. '5일 만에 배우는 단기 속성' 예술성 강좌도 흥행 강좌도 없다. 쉽게들 입에 올리지만 그 뜻이 모호한 '예술성'도 '흥행'도 '재미'도 모두 상대적인 가치다. 여기에는 창작자와 소비자마다의 개인차가 존재하며, 시대에 따라 부침을 겪는다.

『영화를 만든다는 것』은 영화감독을 필두로 제작자, 시나리오작가 등 수많은 영화인들의 영화에 대한 '한마디'를 모은 책이다. 번역하면서, 내가 수없이 들은 문장을 다시 만나기도 했고 처음 보는 문장에 감탄하기도 했다. 대니 보일이 "첫 영화야말로 언제나 당신의 최고작이다"라고 했을 때 나는 1994년에 만들어진 그의 극영화 데뷔작 〈쉘로우 그레이브〉를 비디오로 처음 보며 비명을 지르며 그의 재능에 매혹당한 기억을 떠올렸다. 하지만 데이비드 O. 러셀이 "초기 작품들은 끔찍한 경험이었다"고 할 때 〈쓰리 킹스〉(1999)와 〈파이터〉(2010)와 〈실버 라이닝 플레이북〉(2012) 이전까지 고군분투한 연출자의 어려움을 느낀다.

영화는 혼자 하는 예술이 아니다. 소설가들과 인터뷰를 해보면 가족 모르게, 회사 모르게, 친구 모르게 소설을 습작하고 공모전에 응모한 이야기가 드물지 않다. 영화를 찍는 사람은 그렇게 할 수 없다.

어떤 영화를 한다고 기사가 다 나도 투자가 되지 않아서, 캐스팅이 지지부진해서, 개봉 시점을 잡기 어려워서 제작이 미뤄지거나 개봉이 연기되는 일을 수시로 본다. 게다가 그 과정에서 무수한 사람들이 협업해야 한다. 극장에 영화를 걸겠다고 생각하는 순간 시나리오 단계에서부터 타협해야 하는 가치가 생길 때가 있고, 날씨 때문에 소품 때문에 혹은 불의의 사고로 행운 또는 불운의 결과가 관계자들을 괴롭히곤 한다. 그리고 많은 경우 그들끼리 서로를 못살게 굴기도 한다.

앨프리드 히치콕은 "배우는 어린아이다"라고 말해버리지만, 배우이자 감독인 케네스 브래너는 "배우는 최고의 인간이자 최악의 인간"이라고 표현한다. 그런가 하면 아무리 서로 무례하더라도 감독과 배우가 서로를 존중하는 최저선을 지키는데 왜 자신에게는 이래라저래라 하는가에 대한 불만을 가진 시나리오작가의 목소리도 있다. "작가에게 어떻게 쓰라고 말하는 건 전혀 생각할 수 없는 일이 아닌 모양이다"라고 말한 어니스트 리먼은 〈북북서로 진로를 돌려라〉(1959), 〈웨스트 사이드 스토리〉(1961), 〈사운드 오브 뮤직〉(1965) 등의 각본을 쓴 전설적인 시나리오작가였다.

어떤 말에 수긍하고 나면 곧이어 전혀 반대되는 주장이 등장하곤

한다. 이 책을 읽는 재미는 거기에 있다. 서로 다른 주장을 하는데, 그 말을 한 이의 필모그래피를 살펴보면 그 주장에 수긍이 간다. 하나의 정답 아래 줄서기를 하는 사람들이 아니라, 자신의 정답을 찾는 사람들이기 때문이다.

〈사랑도 통역이 되나요〉(2003) 〈매혹당한 사람들〉(2017)의 소피아 코폴라 감독이 "과소평가되는 것은 일종의 장점"이라고 말할 때 그가 얼마나 많은 영화들에서 평가절하된 상황에서 개봉을 맞이했을지를 떠올리게 된다. 〈윈터스 본〉(2010)의 데브라 그래닉 감독이 "나는 누구의 돈이든 2천만 달러를 영화에 쓰고 싶지는 않다"고 할 때, 2천만 달러를 쓴 데브라 그래닉 감독의 영화가 어떻게 같은 이야기를 다른 방식으로 보여줄지가 못내 궁금해진다. 〈하트 로커〉(2008)를 연출한 캐스린 비글로의 "나는 아드레날린이 치솟게 하는 게 좋다"는 말은 성별만으로 그의 작품을 지레짐작하는 일이 얼마나 무용한가를 알게 한다. 영화로 흥분해 죽을 것 같은 영화들을, 캐스린 비글로는 만들어내니까.

영화평론가 폴린 카엘은 이렇게 말했다. "할리우드는 격려 때문에 죽을 수 있는 유일한 곳이다." 이 말을 떠올리며 이 책에 실린 모든 문장을 다시 읽어보라. 성공과 불안, 재능과 실패, 아름다움과 폭력. 영화

안에서만큼이나 영화 밖 사람과 사람의 관계에 대해서 여러 생각을 하게 된다.

마지막으로, 번역하면서 여성 영화인들의 목소리를 더 들을 수 있다면 하는 아쉬움이 있었다. 아마도 몇 년 뒤 같은 책을 다시 엮을 수 있다면 그때는 영화인의 성비가 지금과는 사뭇 달라지리라 믿는다. 영화계 성폭력을 폭로하는 배우들의 미투를 떠올리면, 영화만 좋으면 다 좋다는 식으로 말해버릴 수 없는 영화인들에 대해서도 생각하게 된다. 영화라는 이름으로 타인의 욕망을 위해 폭력을 감내해야 하는 사람이 더 이상 없기를 바란다.

이다혜

ㄱ

고다르, 장 뤽 4, 71, 233
골드먼, 윌리엄 6, 119
구로사와 아키라 181
그래닉, 데브라 227, 300
길로이, 토니 289

ㄴ

놀란, 크리스토퍼 213

ㄷ

드미, 조너선 23
드밀, 세실 B. 265

ㄹ

랑, 프리츠 239
러셀, 데이비드 O. 31, 298
러셀, 케네스 255
레오네, 세르지오 295
레이, 사티야지트 131
루멧, 시드니 157, 293
루카스, 조지 25, 95
르누아르, 장 237
리, 마이크 211, 213
리, 스파이크 191

리먼, 어니스트 121
린, 데이비드 93
린치, 데이비드 251, 275

ㅁ

마멧, 데이비드 219
마물리안, 루벤 279
만, 마이클 51
메이슬리스, 앨버트 77
멘데스, 샘 215
무어, 마이클 185
미넬리, 빈센트 269

ㅂ

버튼, 팀 267
베르톨루치, 베르나르도 55
베리만, 잉마르 147, 161
베이, 마이클 271
보그다노비치, 피터 27
보일, 대니 33
볼하우스, 마이클 281
부뉴엘, 루이스 197
부어맨, 존 141
브래너, 케네스 111, 299
브레송, 로베르 137
브룩스, 멜 65
브룩하이머, 제리 15, 175
비글로, 캐스린 243, 300

비티, 워렌 115, 167, 225
빈터베르크, 토마스 193

ㅅ

세일즈, 존 257
소더버그, 스티븐 97, 217
슐레진저, 존 163
스코세이지, 마틴 41, 273
스콧, 리들리 91
스콧, 토니 43
스터지스, 프레스턴 67
스톤, 올리버 177
스티븐스, 조지 139
스필버그, 스티븐 245, 277

ㅇ

아이보리, 제임스 29
안토니오니, 미켈란젤로
  79, 155
알모도바르, 페드로 285
앤더슨, 웨스 28
앤더슨, 폴 토머스 165
에반스, 로버트 221
에프론, 노라 247
오시마 나기사 241
올트먼, 로버트 85
와이즈, 로버트 129
와일더, 빌리 105, 179

워쇼스키, 라나 223
워터스, 존 205
웰스, 오슨 37, 133, 291
이버트, 로저 305
이스트우드, 클린트 87
이안 229

—

ㅈ

자무시, 짐 45
잭슨, 피터 153
주이슨, 노먼 259
주커, 아돌프 199
줄라이, 미란다 21
짐머만, 프레드 231

—

ㅊ

채플린, 찰리 63

—

ㅋ

카메론, 제임스 11, 187
카사베츠, 존 283
카엘, 폴린 209, 300
카잔, 엘리아 83
카펜터, 존 59
카프라, 프랭크 69
캠피온, 제인 49

코디, 디아블로 207
코엔, 에단 53
코폴라, 소피아 101, 300
코폴라, 프랜시스 포드
19, 151
콕토, 장 173
쿠커, 조지 125, 201
쿨리지, 마사 107
큐브릭, 스탠리 35
크레이머, 스탠리 183
크로넨버그, 데이비드 61
크로우, 카메론 13

—

ㅌ

타란티노, 쿠엔틴 5, 149,
253
테이머, 줄리 89
트뤼포, 프랑수아 81
트리에, 라스 폰 193

—

ㅍ

페리, 타일러 17
페킨파, 샘 261
펜, 숀 113
펠리니, 페데리코 169
포드, 존 127, 159
프레밍거, 오토 103
프리드킨, 윌리엄 39

핀처, 데이비드 99

—

ㅎ

하워드, 론 203
해커링, 에이미 145
헤어조크, 베르너 143
헤인즈, 토드 75
혹스, 하워드 123
휴스턴, 존 47
히치콕, 앨프리드 57, 109,
135, 299
힐, 월터 249

Because we are human,
because we are bound by
gravity and the limitations of
our bodies, because we live
in a world where the news
is often bad and the prospects
disturbing, **there is a need
for another world somewhere,**
a world where Fred Astaire
and Ginger Rogers live.

Roger Ebert (1942–2013)

우리는 인간이기 때문에,
중력과 육체의 한계에 매여 있기 때문에,
뉴스가 때로는 나쁜 소식을 전하고
전망은 불안을 조성하는 세계에 살고 있기 때문에,
다른 어딘가의 세계에 대한 필요가 존재한다,
프레드 아스테어와 진저 로저스가 살아 있는 세계.

로저 이버트(1942-2013)

영화를 만든다는 것

초판 1쇄 2020년 11월 6일

엮음 제이미 톰슨 스턴 | **옮김** 이다혜 | **편집** 북지육림 | **본문디자인** 운용 | **제작** 제이오
펴낸곳 지노 | **펴낸이** 도진호, 조소진 | **출판신고** 제2019-000277호
주소 서울특별시 마포구 월드컵북로 400, 5층 19호
전화 070-4156-7770 | **팩스** 031-629-6577 | **이메일** jinopress@gmail.com

ⓒ 지노, 2020
ISBN 979-11-90282-14-7 (03800)